SUCCESSION

DE

Mademoiselle P..., dite SOUBISE

CATALOGUE

DES

BIJOUX

ENRICHIS DE

BRILLANTS, PERLES, RUBIS, ÉMERAUDES,
SAPHIRS ET TURQUOISES,
BOUTONS D'OREILLES, BRACELETS, BROCHES, BAGUES, CHAINES,
SAUTOIRS, ÉPINGLES, MONTRES

Dépendant de la Succession de

Mademoiselle P..., dite SOUBISE

ET DONT LA VENTE AUX ENCHÈRES PUBLIQUES AURA LIEU

HOTEL DROUOT, SALLE N° 7

Le Lundi 17 Janvier 1910

A DEUX HEURES

Mᵉ ANDRÉ DESVOUGES COMMISSAIRE-PRISEUR *Successeur de M. Maurice DELESTRE* 26, rue Grange-Batelière	**M. A. REINACH** EXPERT PRÈS LA COUR D'APPEL DE PARIS 17, rue Drouot PARIS

EXPOSITION PUBLIQUE

Le Dimanche 16 Janvier 1910, de deux heures à six heures

CONDITIONS DE LA VENTE

Elle sera faite au comptant.

Les adjudicataires paieront *dix pour cent* en sus des enchères.

L'exposition mettant le public à même de se rendre compte de l'état et de la nature des objets, aucune réclamation ne sera admise une fois l'adjudication prononcée.

Paris. — Imp. de l'Art, Cн. Berger, 41, rue de la Victoire.

DÉSIGNATION

---

1 — COLLIER à trois rangs de deux cent soixante-trois
perles fines, avec fermoir composé d'un saphir entouré de dix brillants.

2 — BROCHE ÉTOILE en or, pavée de brillants; arma-
ture en argent.

3 — BROCHE ÉTOILE en or, sertie de brillants et de
roses.

4 — BROCHE ÉTOILE en or, sertie de brillants; le centre
formé d'une émeraude.

5 — BROCHE ÉTOILE en or, sertie de brillants *(manque
une pierre)*; le centre formé d'un saphir.

6 — PAIRE DE PENDANTS d'oreilles en or, à cinq rangs
de pampilles serties de brillants.

7 — BROCHE ÉTOILE en or, sertie de brillants; le centre
formé d'une turquoise.

8 — PAIRE DE BOUCLES D'OREILLES, composées de deux turquoises entourées chacune de vingt-quatre brillants sur deux rangs.

9 — PAIRE DE BOUCLES D'OREILLES en or, formées de coraux entourés de dix-huit brillants.

10 — BROCHE en or, composée d'un bouton en corail entouré de vingt-deux brillants et de huit boucles en or. (*Manque la queue.*)

11 — BAGUE D'HOMME, demi-jonc en or, ornée d'un saphir étoilé.

12 — BAGUE D'HOMME en or, de forme cachet, gravée *CC* entrelacés.

13 — BAGUE, formée d'un grenat entouré de douze brillants ; deux brillants sur le corps.

14 — BAGUE, formée d'une turquoise entourée de treize brillants.

15 — BAGUE-COLLIER DE CHIEN en or, ornée de petites roses, dont *la moitié manque*.

16 — ALLIANCE en or.

17 — ANNEAU BRISÉ en or.

18 — BRACELET en or demi-jonc.

19 — BROCHE-BARRETTE, ornée de deux perles fines et de trois glands œils de tigres et petites roses. *(Manque la queue.)*

20 — BROCHE en or, avec mosaïque. *(Manque le crochet.)*

21 — ÉPINGLE DE COIFFURE en écaille blonde, ornée de roses.

22 — DEUX PENDELOQUES corail, ornées de brillants et de roses.

23 — MONTRE DE DAMES en or, à clef, émaillée bleu, avec chiffre en roses.

24 — BRACELET SERPENT en or, la tête pavée de brillants et de roses, les yeux en rubis.

25 — BRACELET en or émaillé bleu, avec inscription russe en petits brillants. *(Manque des pierres.)*

26 — BRACELET en or, à ressort, orné de deux grenats et de roses.

27 — BRACELET SERPENT en or, les yeux en roses.

28 — TROIS BRACELETS demi-jonc en or.

29 — Bracelet, chaîne d'ascenseur, en or.

30 — Deux bracelets en or, ornés chacun de six turquoises et de roses.

31 — Bracelet fil en or, têtes de béliers.

32 — Bracelet en or, pagaies enserrées dans un nœud orné de roses.

33 — Bracelet à coulisse en or, orné de trois rangs de turquoises.

34 — Porte-cigarettes torsadé en or, avec chiffre S serti de roses.

35 — Grand médaillon ovale en or, avec chiffre S E, orné de brillants et de roses.

36 — Croix en or, ornée de onze boutons en corail. (*Cassée.*)

37 — Croix en or, ornée de sept boutons en lapis.

38 — Médaillon ovale en or guilloché.

39 — Bourse en or, inscription : *Good Luck.* (*Mauvais état.*)

40 — PAIRE DE BOUTONS DE MANCHETTES DOUBLES en or, ornés de quatre émeraudes cabochon.

41 — PAIRE DE BOUTONS DE MANCHETTES DOUBLES en or, avec initiales : *B. E.*

42 — MÉDAILLON en or, orné de lapis et d'un chiffre *B*.

43 — BOUCLE de ceinture plate en or.

44 — BOUCLE de ceinture ronde en or, ornée de onze turquoises.

45 — PORTE-PLUME ET CACHET en argent doré, ornés de torsades en or et de boutons de corail.

46 — LOT de bijoux brisés en or, argent et cuivre.

47 — BAGUE, formée d'un saphir entouré de seize brillants ; le corps orné de six petits brillants.

48 — SAUTOIR-GOURMETTE en or, avec clef de montre.

49 — SAUTOIR TORSADÉ en or.

50 — TOUR DE COU TORSADÉ en or.

51 — GLACE DE POCHE OVALE en argent doré, avec monogramme *S E* en or serti de brillants et de roses ; le fermoir serti d'un brillant.

52 — BRACELET RUBAN en or, avec applique formée d'une émeraude au centre d'un double entourage de brillants relié par des ornements sertis de roses.

53 — BRACELET PAILLASSON en or, avec applique formée d'un saphir au centre d'un double entourage de brillants relié par des ornements sertis de roses. (*Manque un brillant.*)

54 — BOUCLE DE CEINTURE en or, ornée d'un saphir et de quatre très beaux brillants.

55 — BRACELET en or, orné d'une émeraude cabochon entourée de seize brillants ; le corps orné de vingt brillants.

56 — RICHE MÉDAILLON ROND en or, orné d'une turquoise entourée de trente et un brillants sur deux rangs, avec bélière ornée de deux turquoises et d'un brillant.

57 — BRACELET en or, orné de trois médaillons :

Un en or, orné d'une rose et de quatre émeraudes formant une croix de Malte ;
Un en or, orné d'un scarabée en lapis et de roses ;
Un en or, orné de brillants et de rubis.

(Ce lot pourra être divisé.)

58 — COLLIER en or.

59 — ONZE MÉDAILLONS :

1° Médaillon rond en or, orné d'une turquoise entourée de roses et de turquoises sur trois rangs ;

2° Médaillon ovale en or, orné de cinq rubis et de roses ;

3° Médaillon de forme cœur en or, orné d'une émeraude entourée de brillants. *(Manque un brillant.)*

4° Médaillon en or, formé de deux *D* entrelacés, sertis de brillants ;

5° Médaillon ovale en or, pavé de brillants, avec bélière sertie de brillants ;

6° Médaillon de forme cœur en or, orné d'une turquoise entourée de roses, avec inscription russe en roses ;

7° Médaillon ovale en or, serti de treize brillants, dont six de forme poire, avec bélière sertie d'un brillant ;

8° Médaillon pavé de turquoises et de brillants ;

9° Médaillon ovale en or, orné d'un saphir entouré de dix brillants, avec bélière sertie d'un saphir et de deux brillants ;

10° Médaillon ovale en or, orné d'un fer à cheval serti de onze brillants ;

11° Médaillon rond en or, orné d'un camée entouré de six émeraudes et de dix-huit roses.

(Ce lot pourra être divisé.)

60 — CHAINE DE COL en or, avec coulant Marguerite, sertie de brillants et de roses (*manque deux pierres*) et médaillon en or, orné d'un chiffre *M N*, serti de brillants.

61 — EVENTAIL en moire bleu ciel peinte, orné de dentelles et représentant des amours tenant des voiles. La monture en nacre et en or, enrichie de roses, demi-perles, rubis, émeraudes et saphirs.

RED. :

20

MIRE ISO N° 1
NF Z 43-007
AFNOR
Cedex 7 - 92080 PARIS-LA-DÉFENSE

graphicom

0 1 2 3 4 5 6 7 8 9 10